그래도 살아야지

그래도
살아야지

성성모 두 번째 시집

대양미디어

독자께 감사하며,
두 번째 시집을 내놓는 마음

솔직히, 첫 시집 『인생이 아프다』를 내놓을 때, 각자 살아남기 위해 복잡다단한 세상에 이렇게 커다란 파장을 불러올지 몰랐다. 나의 시詩가 이렇게 울림과 감동을 주며 회자될 줄이야.

나는 첫 시집을 출간하면서, 혹시나 하고, 심정은 창피하고, 두렵고, 자신감을 상실한 체, 나의 이면이 까밝혀 진 몰골로 기죽은 상태였다. 세상의 외면 속에 나만의 공감에서 비웃음으로 끝나지 않을까 하는 나약함이 지배하고 있었다. 그러기에 그 누구와도 공감과 감동을 공통분모로써 함께하며 나누리라는 생각은 상상도 할 수 없었다.

그러나 세상은 감정 있고 눈물이 있는 감성과 공감하는 정서가 흐르고 있었고, 지금까지 느껴오지 못한 신선한 산소가 생명력으로 존재하는 세상을 만나게 된다. 나의 시집 『인생이 아프다』를 만난 독자들은 한결같이 인간으로서 최고의 슬픔과 위로의 표현인 눈물로서 벅찬 공감으로 위안을 주었다. 이구동성으로 그동안의 처절한 삶과 고통을 함께하거나 이해하지 못해 미안하다고 하면서, 이제는 긍정적 사고와 아프지 않은 삶 속에서, 기존해 살아온 열정으로 열심히 살아가자고 한다. 인생길은 누구나 다 같다고 하면서 혼자 아파하지 말고, 함께 서로에게 위안을 주고받자고 한다.

대형서점의 베스트 코너에 1년 넘게 진열되어 독자의 사랑을 받게 되었으며, 또한 각종 포털에 소개되고, 인터넷 서점 등에도 독자께서 꾸준한 관심과 공감 속에 판매, 읽히고 있다. 국내 도서관과 미국의 동포사회에도 판매 소개될 정도였다. 그래서인지 경인방송 초대출연, PBS 중앙방송 인터뷰 보도, 한국성결신문 문화뉴스 등 언론도 관심을 가졌다.

"나에게 시詩가 없었다면 어찌할 뻔했을까?

세상 그리고 사람들과 어떻게 소통과 교감을 할 수 있었을까?

참으로 고맙다.

시詩가 나와 함께 한다는 것을"

친구, 지인, 불특정 다수 독자님의 열렬한 반응과 공감으로 큰 울림이 되고 위안이었다. 고맙고 감사하며 살아있는 느낌으로 홀로 아님이 다가온다. 그래서 고단한 삶이지만 어떠한 시련과 고난이 오더라도 좌절하지 않고, 아파하지 않고 자신감과 용기로 '그래도 살아야지'라고 다짐하게 된다.

독자를 통해 우리 하나님께서 주신 그 자신감과 용기가 울림의 힘이 되어, 많은 독자께서 함께해준 그 공감의 근원으로 1년여 만에 제2 시집 『그래도 살아야지』가 세상에 나오게 되는 계기가 된다. 이번에는 창피함과 두려움보다 떨림이 앞서온다. 주목받은 나의 인생이 어떠한 시련이 오더라도 굳건히 살겠노라 하는 다짐이, 실천되는 의미 있는 삶의 전개 시점이 과연 될 것인가 하는, 독자에게 실망을 드리지 않는 나의 시詩가 될 것인가 하는 떨림이다.

제2 시집 『그래도 살아야지』는 속 시원함의 변화가 한 번에 이루어질 수는 없다. 아직도 슬픔과 아픔은 남아 있다. 그러나 변치 않는 시련과 고난이 와도 맑은 시야와 희망찬 의지의 마음 그리고 긍정적 사고를 잃지 않으려고 노력하였다.

제1 시집 『인생이 아프다』는 나만의 시詩로 나만의

주관적으로 쓰였다면, 제2 시집 『그래도 살아야지』는 가능하면 나의 인생을 내가 바라보면서 객관적으로 표현하려고 노력했다. 나의 인생을 예속된 상태에서 나만 달고 겪는 것처럼 표현하는 것에서 벗어나, 나의 인생을 내가 지배하고 능동적으로 힘차게 이겨내려는 자신감으로 표현하려고 했다. 놀라운 변화이고 힘찬 진전이다. 이 모두가 함께해준 독자의 힘의 근원이다. 감사하고 영광이다.

제2 시집을 출판하는데 여러모로 관심과 힘을 실어준 대양미디어 서영애 대표님과 시집을 아름답게 탄생시켜준 정영하 편집국장님께 감사함을 전한다.

그동안 주신 열렬한 관심과 격려로 독자님과 동행하면서 우리에게 주어진 인생을 함께 공감하면서, 우리 스스로 만들어가야만 하는 나만의 존귀한 내면 인생길을 정서적으로 교류와 교제하며, 그 감동으로 고단한 인생길의 길잡이로 위로와 위안의 시간을 나누기를 기대해 본다.

모두에게 감사하고 기쁨을 전하면서….

2022년 가을
성 성 모

차례

제2부 이제는 인생에 나의 공간을 만들까

제1부
그래도 살아야지

늙어가는 나를 사랑할 거야

어느 날부터인지
알 수는 없지만
내 마음에 청춘이 밀려나고
그 자리에
갈색이 자리 잡았다

거울에 비친
늙은 내가 서 있었으니
두고 온 지난 인생이
긴 한숨 내쉬는
삶의 무게를 보여주지만

그러나 이런 나를
사랑할 거야
사랑하고 말 거야

늦었지만 지금부터라도
주어진 인생이 끝나는 날까지
열심히 내가 나를 사랑하면서 말이야~.

가고픈 보길도

간다 간다 하면서도
지금까지 마음만 달고 산다

죽기 전에
반드시 가 보고 싶은 곳
맘속 상상想像 감感으로 살며시 가 본다

윤선도 숨결이 묻어있고
창작의 손길이 남아있는
자연 속으로 호흡하고 싶다

가고 싶다
보고 싶다
느끼고 싶다
글로 남겨지고 싶다

사랑하는 그녀와 함께라면
더욱 좋으련만
없다면 혼자라도 좋다
그곳에서 만나리

윤선도가 그려놓은
놀라운 솜씨로
창작의 맛을 만나게 하리라

인연이 다다르면
그림 속 조선 아낙네라도
사랑의 이야기로 만나려나
그래서 보길도 가서 안겨야 한다.

그래도 살아야지

이미 접어든 세상살이
나는 울면서도
견디어낼 수밖에 없다

단, 한 번도 황홀한 삶이 없었으니
내 눈으로 비친 행복을
직접 볼 때까지 살아내야 한다

비록 살아가고 있는
현세現世는 나에게 맞지 않아도
무조건 살아가야만 한다

인생 삶은 답도 없고
짠하게 절로 나타나지 않지만
그래도 살아야지

아픈 인생을 이겨내며
나 스스로 마무리하는 마음으로
당차게 끝까지 살아남아 정리해야 한다

이 세상에서 살아가야 하는
최선의 도리이고 권리라
유종有終의 미美로 나를 남기기 위해
그래서 살아남아야 한다.

내 삶 여정旅程에서

내 삶은 늘 미숙했지만
돌이켜보면 그래도
소중한 내 삶 여정
감사 품고 오늘 삶을
보내는 나를 내가 대견스러워한다

오늘부터
"세월아~, 마음껏 가라"
내 삶을 내 안에서
내 존재를 알아가야 한다

그래야
내 삶의 의미를 내가 알게 되어
넓은 삶 속에
진정한 나를 만들어
선택 아닌 필수인 삶을 이끌어 갈 수 있겠지

지금이 삶 중에서
가장 뜨겁게 보내는 느낌이다

비가 오는 거리에도
우산조차 쓸 수 없었던
성모 인생 거리가
이제야 하나씩 제자리로 찾아드는 듯이
오늘은 긍정적 시야가 들어온다.

지친 삶, 단 하루라도

삶이 한결처럼 피곤할 뿐
딱히 해결책이 없다

살고 있는 이 세상에서
우리 현실에
붙어 있는 고독한 삶이
그냥 다가오고 지나갈 뿐

오늘을 살아가는
지친 삶을 돌아보며
위로할 뿐

아무 힘도 없는
홀로된 삶을
그냥 지켜보고 순응하며
지켜볼 뿐

삶 속에 갇힌 채
저절로 하늘 바라보며
애절한 눈동자를 보낸다

하루라도
벗어나게 해달라고….

지금의 내 기억들

지금까지 사라진 듯이
사라지지 않는
그 기억을 잡고
바람결에
홀로 걷는 나만의 기억들
밖에는 씻기어내는
빗줄기가 요란스럽다

붙들고 몸부림쳐도
어느 사람도 관심 두지 않는
나만의 기억들
하나하나씩 떠나 사라져가고
홀로 세상에 남아
어느 기억도 남지 않는
빈털터리가 되어간다

슬픈 기억은 떠나도
나의 인생을 적시는
나를 살리는 기억은 남으라고
애원해도
세월이 매정도 하네
하나도 남기지도 않고 쓸어가기만 하니….

솔직히 만날 수 있을까 하면서도

다시 만날 것이라는
그 믿음이 있기에
지금 내가 존재할 수 있는 이유라
내가 나를 살아가는 방법을 터득하면
방황과 갈등은 떠나고

솔직히 고통이지만
참아내고 지금까지 왔어
그러나 끝이 보이질 않아
너는 누구지~?
그럼 나는 울기 시작한다
넋 놓고 한없이 울자

좌절에서 벗어나려나
우울에서 이겨내려는
적극적 용기勇氣가 생긴다
그 용기를 나누면
다시 만날 운運이 오겠지.

세월이 정신 차리라고 하는데

사는 세상이 정신없이 돌아가는데
사람들은 오고 가는 세월을 신경 쓰지 않고
세월도 제 맘대로 한다

사람들이 정신 차리고
일상으로 돌아가
봄 · 여름 · 가을 · 겨울을 찾아내어 맛을 느끼라고
계절은 이탈하며 몸부림친다

일상에서 정신 차리고
제정신으로 세상을 느껴보면
잔잔한 감동으로 일상이 회복되고
안정감으로 마음도 편안해짐에
세상사 다가오는 모든 것들이 좋아 보일 텐데….

알고 보니 하나님께서 예비하셨음을

만약에 내가 장애인이 아니라면
만약에 내가 하나님 자녀가 아니라면
만약에 내가 결혼했더라면

사랑의 힘으로 살아갈 수 있었을까
진심으로 이 세상을 살아올 수 있었을까
세상이 너무 사랑스러웠을까
몽글몽글 번쩍번쩍 살아왔을까
단순한 미지의 세계를 살아올 수 있을까
나를 잘 꾸미며 살아갈 수 있었을까
쌀쌀맞은 인생사를 이겨냈을까

세상은 아무나 살아갈 수 없는 것일까
그래도 이 세상에 더 머물러 가기를
볼 수 없는
내 안에 있는 하나님께 소리 질러 기도하며
맘으로 강하게 붙잡아 둔다

다른 것 몰라도
하나님 자녀 되기를 넘~ 잘했다고
그 힘의 원천이신 나의 하나님이여
감사感謝한 세상이 다가옵니다

신앙信仰의 깨달음에
성실한 삶으로 유지할 수 있으니
주어진 내 인생이 소중한 가치로 완성되어 간다
하나님 사랑으로 인생 가치를 경험하면서….

이 세상 삶의 의미는

나의 인생은 아직도
단 한 번 불림 없는 호칭呼稱이 많은 삶
'아빠'라는 불림이 없고
'여보'라고 부를 상대가 없는
장인, 장모, 처남, 처형, 처제, 동서, ……
나도 남자인데
모든 날이 힘들어 왔지만
언제부터일까
볕이 좋은 한겨울에
나긋한 감정으로
처음부터 이건 아니었는데
이 세상에서 나보다 더 중요한 것이 뭘까
있을까
사랑 넘치는 사람들 사이에
나는 과연 존재할 수 있는 사람인가
하나님께서 슬피 우는 나를 알까?

살다가 다가오는 인연들

나를 유난히 사랑하는 인연들
나를 유난히 싫어하는 인연들
나를 유난히 아픔 주는 인연들
이것도 저것도 아닌 그렇고 그런 인연들

별별의 사람들과 살면서
스스로 물들어가며 늙어가는 세상 놀이
비를 긋듯이 잠시라도 피해갔으면

그리워하는 맘속에 포위되어있는 인생으로
지난 인생이 들어온다
죽음이 포위해 오니, 죽음의 탈출구가 보인다

어차피 인생에는 답이 없다
그러니 문제 풀 일도 없다
어느 글로 표현한들 나의 마음을 대신할까
나를 품어낼 수 없지 않은가!

삶 속에 무수히 놓인 벽들이 있어도

뭐든지 되지 않는 인생길
의욕적으로 뭘 하려면
늘 무언가 딱 틀어막는
뭔가가 잡아당기는
볼 수 없는 방해꾼이 훼방을 차지게 한다
막아내고 이겨낼 힘이 빠져간다

지쳐가는 인생 여정이고 삶 자체이다
나의 벽은 인생길에서 몇 개인가
분명 벽이라는데 투명이다
통 보이질 않는다
가려면 지나가려면 막아서는
좌절하며 무기력으로 한스럽게

때로는 당차게
하나씩 몸서리치게 넘고 깨뜨리고 왔으니
넘으면 또 깨뜨리고

그리고 또…
지쳐간다
앞으로 몇 개나 더~?

삶 속에 도사리고 있는 벽은 뚫기 위해 있는 것이지
인생길이 그런 것이다
그러기에 힘들더라도
인생길을 외면하거나 버거워하지 말자
그래도 나에겐 기도하며 의지할 수 있는
하나님이 계시니, 얼마나 다행인가

복福이고 행운幸運이다
그래서 오늘도 살아가는 힘이고
내일을 준비하는 긍정적 원천이다
감사感謝가 들어온다.

세상도 늙어가고 있었구나

한 번쯤은 멈추고 싶은
그러면 세상은~?
나는~?
궁금하기도 하지만
두려움부터 다가온다
나의 삶 속 세상을 음미하면
수많은 별 중에 외딴 별은 뭐지?
비가 내리며 시야가 가려지면
홀로 나만 남는 의미는

어느 날부턴가
안경 너머 보이는 세상
안경 써도 침침한 세상
안경 벗으면 보이지 않는 세상
세월은 흘러 흘러
하나하나 노화되어 가고
잊어가는 기억의 조각들

이거라도 남아있는 세상이 좋다
환한 기억이 나를 남겨놓은 이유라네

깜짝, 놀랬습니다
세상도 늙어가고 있었으니.

떠나는 기억 속에 남겨두고 싶은 것

가슴 저편에
선명하게 남아있어야 했던
붙잡아둔 기억들이 떠나야 할 시간이다

그 자리에
새 기억들이 들어와야 한다

그래야 살맛 나는
시간이 들어오고 지나갈 수 있다

그러면 간직하고픈 것들
놓고 싶지 않은 기억들이 자리 잡는다

이들과 머물다가 떠나갈 때가 되면
또 기억들을 새로이 잡아둬야 한다

싫증나지 않는 인생 삶을
설렘으로 맞이하고 보낼 수 있기 때문이라

그 와중에도 지금까지 남아있는
당신의 기억은 떠날 줄 모르고

평생 멍에로 남을
기억의 굳은살로 착 늘어 붙여 몸부림친다.

낙선 아픔을 야속하게 되살려내는 밤에

밤새도록
무언가 슬프고 처량한 팔자 신세에
피곤하면서도 잠을 이룰 수가 없으니
무덤덤했던 낙선의 아픈 기억
마음에 담아두지 않으려고 했는데
나만 아프니까

오늘 당선증이 남발되며 여기저기 뿌려지고
그 흔한 하나도 주울 수 없는 딱한 신세에
그냥 남의 일처럼 잊으려 애쓰던
노력은 한방에 사라지고
야속하게도
낙선의 아픔 속 억울함이 치밀어 오른다
작은 방 내방 어디에도
내 주변에 아무도 없다

또 나 혼자서 감당하고 해결하고 일어나야 한다
지쳐서는 아니 된다
얼마 남지 않은 인생길이다
훅 털고 일어나 다시 걸어야 한다
잠을 자자
그래야 아침이 온다.

＊제8회 전국동시지방선거 서울특별시의회 비례의원 후보로서
　낙선의 아픔을 노래한 시

불면증

밤이 다가오고 깊어 오면
육신이 피곤해지고 졸리어올수록
어느 날부터인가
눈감고 잠자야 하는 내가 두렵고 무서워진다
졸음이 한계에 도달하면
어쩔 수 없이 잠자리에 든다

그러나 그렇게 피곤한 눈은 뜨다 감다 반복이
귀는 점점 뚫리어가고
정신은 각종 잡생각으로 멍한 상태에서
점점 뚜렷해져 온다

가슴팍은 발광發狂으로 감당하지 못한 채
후다닥 자리에서 일어나
화장실에 갔다가, 글을 쓰다가
다시금 지쳐 피곤하여 잠자리에 들고
이렇게 반복하다가 새벽 동녘이 찾아든다

그러면, 새벽 동녘을 보고서야 진정되고
휴~, 안정감으로 마음 놓고 잠자리에 편히…
그래야 또 하루의 오늘을 맞이할 수 있다는
안도감과 기대감으로 잠자리를
눈을 감고 나의 휴식을 갖는다
곧 일어날 수 있다는 나를 보면서

잠들기 전 밤새도록 싸워서 만들어낸
산고產苦의 아침 동녘은
불면증과 투쟁 과정의 단면도이다.

물먹은 느낌은

세상사,
인생사가 무겁다
물먹은 마음이 무거우니
발걸음도 무겁고
시간사도 늘어지면서
지구도,
물먹은 듯이 서서히 멈춰서는
육신도,
짓눌림이 땅으로 꺼져가고
하늘도,
무거움에 지쳐 내려앉는다
온통 무겁고
막연히 서 있는 미물微物인
나는 어찌하리
대책 없는 것은
너도 마찬가지~?

절로 눈물 나는 것은

이 밤에 단둘뿐인 어머님과 나
노쇠한 어머님의 잠든 손을 잡고

나의 현실을 생각하니 절로 눈물이 난다
어머님을 봐도 절로 눈물이 맺힌다

단둘이 있는 집안의 그림을 봐도
나의 주위를 봐도
나의 환경을 봐도 더욱 눈물이 난다

우주에서 가장 외로운
내게 놓인 가로막힘에 한 치 앞도 볼 수 없고
어찌할 수 없는 숨 막힌 나약함으로 눈물이 흐른다

이 현실이 다인가 하니, 한恨 서린 눈물이 멈추지 않는다
이 세상에 단둘뿐인 지금을 위해
그래도 굳건히 살아가면서 이겨내야지.

팔자에 없는 사랑을 내려놓는 심정心情

인간사는 세상에
가장 흔한 남녀男女 간의 사랑
그 흔한 것도 해보지도 받지도 못한
오늘까지다
지금부터 사랑을 내려놓자

'너 때문이야' 인식에서
'나 때문이야'라고 깨닫는데
"사랑은 쟁취잖아"
장애인 한계로서 불가능한 일
이 현실을 인정하는데
참으로 오래 걸렸다

사랑하고 싶은 간절함을
내려놓고 살아갈 수 있을까
외면하고 싶었지만
울컥한 마음에서 이제는 탈출하자

인간들을 의식하지 말자
사랑이라는 교감이
빈틈없이 교감으로 나눌 수 있는
내가 사는 세상에는 없어도
"그 흔하고도 누구나 하는 사랑"
한 번쯤은 있어도 되잖아~!

잡초

그냥 보면 나약한
보기만 해도 업신여김 당하는
우습게 느껴오는 함부로 해도 된다는
영락없는 몰골은 추함이지만

누구에게도 들키고 싶지 않은 것들을
곰곰이 의미 넣어 보면
시각각도視角角度에 따라 불굴한 삶의 여유가 느껴온다
비웃음의 달인이고 해탈의 극치이다

외로움의 홀로됨을 이겨내고 극복한
너그러운 자태에서 경의가 절로 묻어나온다
감동에서 울리는 감격 없이는 볼 수 없는
겸손을 달고 살아가는 낮은 데로 임한다

사람 사는 세상에 상실한
희생犧牲이라는 업業으로 기죽지 않고
이 순간에도
짓눌림을 감당해내며
드러내고 싶지 않은 것을 고이 간직한 채
품고 태어난 사명을 다하고 있다.

들꽃이 쉼 없이 피는 이유는

지금도~
거리에 맘대로
들꽃이 지천으로 피어오르니
아름다운 이면의 독성은
얼마나 외로우면 거리에 집단으로 피었을까

맘대로 널따랗게 자리 잡아도
누구에게나 방해받지 않는
자유는 어디서 오는 것인가
좋은 곳이구나
그러나

들길은 잘난 멋에
변화무쌍한 험한 거리
변덕이 넘치는 곳
일편단심一片丹心도 하나 없는 곳
잡탕으로 혼란스럽구나

짓밟힌 한恨에서 벗어나
살아남기 위한 몸부림이 사뭇 애절하다
그래서 오늘까지 살아남았구나
대견하다!
칭찬으로 끝내기엔 너무나 애쓰고 있다.

삶 자체가 뭘 하자는 건지

너나 나나
아이나 어른이나
뭐 때문에 살고 있는지 모르는 채
무의미로 반복된 쳇바퀴 속에서
부단히도 살아가고 있는 모습들이
우습기도 장난스럽기도 하다

누구에게나 답이 없는 길기만 한 의문
태어난 이유도 지금 사는 이유도
알지도 알려고 하지도 않는
어찌할 수 없는 한계를 경험하면서
일상을 아등바등 살아가는 분주한 모습들

다수 속에 고독이 외로이 스며드는 고통까지
견디어내며
알아서 기어야 하는지, 알아서 이겨내야 하는지
다들 끝이 있다는 것을 망각한 채
다른 끝으로 각자의 길로 가고 있는데
이 순간에도 살면서 삶을 이해할 수가 없으니.

제2부

이제는 인생에
나의 공간을 만들까

나를 세상에 맞게 변했으면

기다림 속에 세상은 참으로 분주하다
나 혼자만 정지된 채

달이 초승달에서 보름달 그리고 그믐달로
밤에도 잘 변해 가는데

시작과 끝이 없는 듯이
돌고 도는 끊임없이 변해 가는데

늘 그 모습과 나는 그 자리에 있는데
세상은 중단 없이 의심 없이 변해가며 새롭게 등극한다

이러지 말자 더 늦기 전에 올라타
세상보다 더 일찍 앞서 변해갈 수 없을까

변해오는 세상 모습을 나의 것으로 만들어가자
변한 나의 모습이 그리워질 수 있게.

이제는 내 인생이 만들어지기를

늘 빼앗기기만 했던 인생
이제는 그럴 수 없다

늘 설레던 당신 앞처럼
정신없이 자신 없이 살지 않겠다

늘 기억 속에서 사라진 인생들을
한 맺힌 울분으로 되새김으로
앞으로 진행될 인생을 좌절시키지 않겠다

이제는 좋은 인생
내가 원하는 인생을 만들어야지
늦지 않았으니 자신 있게 만들어가자

이제는 장애인 속 암 투병의
비굴함에서 벗어나 당당하게
그래서 정신 바짝 차리고 살아봐야지

이제는 내 손으로 인간승리人間勝利로
내가 만들어낸 인생人生에서
내 인생을 자신 있게 세상에 소개하고 싶다.

인생에 나의 공간을 만들까

아는지 모르는지
세상은 나의 공간을 허락치 않는 듯
이승에는 없는 줄만 알고 살아왔어
어쩔 수 없이 당연하듯이
내가 사는 세상은
나의 공간을 허락하지도
만들 수도 없는 인생이라고 주눅 들어 왔지

그러던 어느 날인가
이 널따란 세상에
혹시, 나의 공간도 있지 않을까
단지, 발견하지 못할 뿐인가
내가 만들면 있는 것 아닌가
열등에서 벗어나는 자신감으로
나의 공간을 인생에 남겨야만 한다

이제야 나이 들어서야
왜~? 나만 공간을 둘 수 없을까
호기심 속 자신감이 어디서 나오는지
방해해도, 훼방 내도
소외 취급에서 벗어나 남들이 뭐라 해도
인생 담아 놓을 공간空間을 둬야
영역 없는 설움에서 벗어나야 한다

선명鮮明한 나의 인생人生을 위하여~!

나는 누구인가

나는 누구인가

이 세상에 사는 나는
남을 대비하며 구별되는 나
나라고 인식하고 있는 나
타인이 너라고 하는 나
내가 만지고 생각하며
세월 속 사회에서
성모라 지칭되는 나는 누구인가

장애와 각종 질병을 달고
시공간時空間 초월도 없이
사는 힘은 어디서 나오는지
그 육신은 어디서 왔고
그 힘은 어디서 오는가

나는 누구일까

엄마 · 형제가 진모*라 불리는 나는
모질게 살아가야만 하는
나라는 나는 누구인가
그리고 사라질 나는 누구인가!

이 시詩를 노래하고 있는 나를
내가 이해되고 나를 이해하면
그러면 나를 알까~?

＊진모 : 집에서 불리는 이름

선입견을 버렸으면

겉이 장애라고
사고思考까지 장애라 생각지 말라
부족이 아니고 다를 뿐이다
너의 그릇된 선입견은
나를 왜곡하고 너의 인격을 의심케 한다

장애가 잘못은 아니잖니~
흉물은 더더욱 아니잖니~
왜~, 모두 그렇게 보고 생각하는지
다만 불편함이 있고 지장支障은 있지만
능력이 부족하거나 방해되지는 않지 않니~?

색안경을 벗고, 삐딱선 눈초리를 바로 하고
일그러진 생각을 달리하면
장애는 비장애인이
투명透明으로 통과시키는
차별의 대상이 아님을 알게 될 때

비로소 장애의 투명에서 벗어나
모두가 다 함께 살고 있는
일상적인 보통사람일 뿐이라는 것을
장애인은 비장애인의 장애물이 아님을
깨닫고 깨닫길.

넌덜머리에서 벗어나고 싶다

절박감이 감도는 허한虛汗 마음
그 누구도 알 수 없는
그 누구도 감당할 수 없는
늘 자리하고 있는 한쪽의 아픔
마음이 흔들리는 것이
바람이 심상치 않게 다가온다
지우려 해도 지울 수 없는
허약한 나

느지막이
외롭지 않고 존재감으로
다시는 울지 않겠다고 다짐하니
긍정이 들어온다
신선한 공기가 몸으로 들어오는 그 느낌으로
열정이 생긴다

잡생각에서 벗어나
더욱 열심히 살아가야겠다고…
오늘도 평강하고 축복 가득한 날이 되자고
넌덜머리*에서 이제는 자유가 되자고
내게도 다짐하고 신神에게도 다짐한다.

＊넌덜머리 : 지긋지긋하게 몹시 싫은 생각.

멍에를 벗어내며

평생 가슴에 돌멩이 달고 사는 무거움
살아가면 갈수록 그 무게는 더해가고
소소한 것들이 소중함을 깨닫게 한다
우리 안에 사랑이 있다면
얄궂진 인생살이가 좀 나아질까
바보같이 한결같았던 인생
네가 나보다 더 고생했을까
네가 나보다 더 깊은 생각해 봤을까

너무 좋다 다 좋다
뭐든 좋다 견디어낼 수 있다
그래서 자신감으로
뭐든지 이겨낼 수 있게 되니
세상이 이렇게 가벼울 수가
그래서 신앙信仰이 있어야…
품고 있는 마음가짐이 중요하고
생각의 긍정肯定이 뭣보다 중요함을 알게 한다.

파도와 인생 차이

한 바퀴 도니 제자리더라
파도가 신나게 밀리어오지만
이 역시 제자리로 돌아가더라
하지만 인생은 그러하지 않더라
가면 그만이더라

파도는 울화통을 괴성의 회오리로
거세게 바위와 씨름하며
마음껏 몸부림치며 제멋대로
스트레스를 산산조각내며
자잘한 물결로 뒤끝 없는 승자로 되돌아가더라

인생은 이러지도 저러지도 못하고
홀로 삭히며 목 놓아 울기만 하더라
늘 인내忍耐로만 살아가는 인생人生은
파도보다 자유스럽지 못한 인생살이에
뒤끝 많은 무능함으로 화火만 더 쌓여가더라.

진짜 내 인생을 만들어 보자

지금이라도 시작하자
남이 인정해주는 인생보다
내가 받아들일 수 있는 인생人生이어야 한다
주어진 삶을 간섭당하는 것이 싫다
내가 만들고 만들어지는 인생이고 싶다

되돌릴 수 없는 일이라도
남이 만들건, 내가 만들건, 신이 만들건
겪는 것도 내 몫이고 책임지는 것도 내 자신이다

차라리 그럴 바엔
어차피 신神이 주신 인생人生을
내가 직접 완성하여 성공한 인생으로
신神께 돌려드리고 싶다는 생각이

당찬 의지가 나도 모르게
느닷없이 자리 잡는 이유는
남은 인생을
더 이상 방치하며 헛되이 할 수 없다는
위기감의 발로이다

그래 하자!

꿈꾸고 싶어 못 이룬 잠

잠 못 이룬 새벽 아침
잠을 못 이뤄
잠자리에 깨어났다는 느낌 없이
홀로 아침 길을 걷는다
이른 아침 세상은 뭘 생각하고 있을까
그런 세상을 나는 어떻게 받아들여야 하나

이런저런 생각이 갈길 잃어
헤집어놓은 생각들이
내가 진정 누구인지
내가 인생에서 할 일이 뭔지
존재는 하고 있는지
아침 길 짙은 안개로 갈 길을 가로막는다

짙은 안개가 걷히면
비로소 속살 보이듯이 세상의 외침으로
잠 못 이룬 이유를

이 나이에 꿈꾸기를 애원하니
홀로 스스로 터득하게 된다
그 의미를 해석하고 이해하니
피로를 한 방에 날리며
상쾌한 아침으로 탁 트이며 갈 길을 인도한다.

아침저녁이 따로 노는 하루가 아니길

상쾌한 아침이 좋은 것인지
아름다운 밤이 좋은 것인지

어느 것이 더
삶에 소중하고 필요한 것인지
아침에도 좋고 밤에도 좋아야
삶을 이어가기 쉬우리

아침 따로 밤 따로 살 수 없지 않은가
하나로 이어져야 피곤 없이 고생 없이
남만큼이라도 따라잡을 수 있지 않겠는가

그래야 살아갈 수 있다
하루가 반쪽짜리 삶이 아니고
온종일 하루로 이어가야
겨우 이 세상에 살아남을 수 있고
내일을 기약할 수 있지 않은가.

인생아~, 쉬엄쉬엄 가자

인생은 겨울처럼
고요함으로 내려앉는 침묵인가
내 안의 침묵을 끄집어내고 싶어
인생아~, 좀 쉬었다가 가자
너무나 벅차 숨이 막혀온다
욕심 없이 천천히 하자
할 것 없어 그냥 보내기 뭐하니
나 홀로 가는 여행이기에
아픔과 설렘을 동시에 품고
가끔씩 쉬엄쉬엄 가자
언제까지 인생을 함께하며 간직할 수 있을까
점점 차지하는 범위가 작아진다는 것을 느껴오며
나의 인생이 세월 속에서 머물 때까지
내려앉는 노을이 세상에서 사라지면
인생은 어둠 속에서 머무네
그러면 나는…
지금까지의 인생을 내려놓으며
동트는 아침을 그린다.

나의 의미를 위해 이겨내리

아픔 속에 피는 사랑
아픔을 이겨낸 그리움

한 번쯤 멈출 수도 있건만
아픔은 사랑이었고
그리움은 자신自身이었네
나를 그리워했고
나를 사랑했어야 했어
내 안에 나를 창피했고
눈물을 흘렸지만
아픔을 승화하는 아픔 속에 피는 사랑
아픔을 이겨가는 그리움은
바로 나였고
나의 삶 여정이었어
그 안에 우리 주님께서 있었네
나의 의미가
너의 의미가 되고

너의 의미가
나의 존재 이유로 온다
앙금을 풀고 만날 날이 오겠지
아주 오래오래 함께하며
거닐 수 있겠지.

짝사랑의 자화상

거칠고 거친 모래알 힘든 한없는 인생
곱고 고운 모래알 부드럽게 펼쳐진 인생
어쩜 이리도 다를까

저런 인생과 함께 살아온 나를
나 스스로 저런 인생을 승화하는
엷은 묵화로 그려진 인생

인생과정 속에
사귀고 싶은 연인이 등장하면
언제나 그랬던 것처럼 다가서지 못하고
나의 육신을 생각하며
그녀의 눈치와 표정을 살피며 기죽어간다

그녀가 알아서 다가오기만을 기대하며
상상 속으로 그려간 사랑의 스케치로
있지도 않은 사랑 이야기를 지어내며
작가와 독자가 한 몸으로 만족해한다

짝사랑의 자화상이
나만의 상상想像적 기록記錄으로
내 맘에 미완성 출판기념도서로 남게 되면
짝사랑의 경험담이 또 쌓여간다.

짝사랑에서 벗어나고 싶은

어여쁜 그녀
고와라 그녀
온전한 끌림을 감당 못 하면서
아무 말도 못 건네고
오늘까지 온 내 마음
이 순간 내 나이 몇인데
이리도 못났는가
혼자만의
시간을 그만하자
혼자만의
갖고 살았던 사랑 만들기
혼자만의 아픔을
혼자만의 갈등을
혼자만의 초조를 마감하고
나 자신이 만들어낸 쓸쓸함을 끝내자

사랑이 있어서 한없이 진실한
누구랑 사랑하고 싶지~?
묻고 싶은 오늘
바로 너~!
사랑할래요~?

아직도 경험하지 못한 결혼이라는
삶에서 해방

이제는 결혼하지 않아도 실망하지 않으련다
나에게 여자가 없는 것은
인생에서 멀어지는 것이 아니고
다만, 이별과 슬픔을 멀리하는 것이기에
환상에 빠져있던 결혼생활을 깨자는 것은 더욱 아니다

친구들은 결혼 환상은 없다고 하면서
결혼하는 순간 환상은 바람과 함께 사라지고
실망과 후회뿐이라고들 거품을 문다
그래서 결혼하지 못함을 실망하지 않겠다는 것은
더더욱 아니다
단지 인생의 다양함을 느끼지 못함을 안타까울 뿐이지
그렇게 인생의 한편을 경험하지 못한 채
사라져가는 삶이라는 것이

단풍들도 첫 낙엽이 떨어지는 날
집착에서 해방되는 성숙함으로
상상 속에 품어왔던
당신과 손잡고 거닐 수 있기를
마음에 담아놓고 낙엽 따라 흐르는 대로 보내리라
그러던 어느 날, 나는 경험할 날이 다가오려나
그러기를….

그녀 미소가 나의 미소임을 알게 될 때

어디선가 본 듯한
익숙한 미소 품은 그녀
내가 보낸 미소와 같은 의미인가
그녀도 사랑하고 싶었구나

사랑하고 싶은 애절한 표현이
보이나요, 느껴오나요
입가에 핀 미소에 심장 울림이 들려오나요
그녀도 나처럼
남이 알아주기를 바라는 답답한 마음으로
그런 미소로 살아가고 있었구나

어리석기는 다 같은 마음
바보처럼 그런 식 표현은
내 마음 같지 않아서 알지도 전달되지도 않는다
그러니 사랑이 이루어질 리 없으리

이제는 마음 놓고 찐한 미소로
적극적 구애를 해보리
적어도 그녀가 알아보고 그 의미가
호기심표현이라는 것을 터득할 것이 아닌가

오늘도 그렇게 되기를
같은 방법으로 같은 의미를 품고
그녀와 같은 의미로 그녀 앞에서 미소를 짓는다
그러나 오늘도
사랑은 흐르지 않고 답답함만 흐른다.

그녀가 준 그리움의 무게

감정이 희미해질 정도로
오랫동안 보질 못했습니다

점점 식어지고 곰삭*되어 가면
맘에서 멀어져가는 줄 알았습니다

기억 속에 사라져가는 줄만 알았지만
그럴수록 도리어
보고픈 그리움에 가슴팍이 타들어 갑니다

애간장으로 파고들어 잠을 못 이루게 합니다
소중한 인연의 동행을 함부로 하면 아니 된다는 것을

외면하면 할수록
그리움이 쌓이게 됨을 깨닫게 합니다

가슴에 달고 사는 보고픈 그리움의 무게가

이다지도 무거운 짐 덩어리임을

비로소 그녀를 통해 터득하고 있습니다

무정無情하게 떠나있는

그녀는 알 수 없겠지만….

*곰삭 : ① 젓갈 따위가 오래되어서 폭 삭다.

② 풀, 나뭇가지 따위가 썩거나 오래되어 푸슬푸슬해지다.

외로움 극복하기

형체 없이 내 마음에
늘 자리하고
혼란스럽게 당신이
떠나지 않고
보내려고 발버둥 쳐도
끄떡도 없다
괴롭다

나는 떠나보낼
자신이 없으니
떠나는 몫은 당신이다
상상 속 그려보는 당신이기에
삶의 존재로서
은근히 즐기고 있는
나를 보면서
당신을… 더

오늘도

당신이 떠나지 않고

아니, 내 맘에 아른거리는

나를 괴롭히는

당신에게 위안 삼으며

고맙다

떠나면 더욱 외로움으로

몸서리쳐질 테니…

당신當身을 잡고 있는 것이

더~!

늘 괴롭히던 그리움이 사라지고

어느 날인가
몸부림치는 외로움으로 스며드는
애태우며 찾아들던 그 많은 그리움은
흔적 없이 사라지고
참을 수 없는 그리움 하나가
마음 깊이 자리 잡는다

기억상실로 감정을 잃은 것도 아닌데
오직 하나로 빨려들어 가는
그리움을 삼켜버린
그리움 속의 그리움의 한恨
그런 그리움 안에 내가 있었음을

내가 자리 잡아 나 스스로
달달 볶고 있었으니
이제야 어리석은 나를

그 그리움에서 끄집어 놓으며
멍에를 풀어놓으려 하니
속 시원함의 가벼움으로
오늘을 새롭게 맞이한다.

몽정夢精

깊은 잠, 잠결에
스며오듯이 다가오는
느끼어 오는 느낌

내 속을 알 수 없는
그 감정 깊은 이입移入이
잠결에도 느껴온다
너의 의미가 스며들며 흥분된다

굶은 사랑의 몸부림 한풀이로 허망하다
잠결에도 감긴 눈가에 눈물이 흐른다

잠결에 포개지니
줄곧 변함없이 달라붙는 번뇌
나의 마음을 강물에 띄워 보내면
이동 따라 외롭지는 않겠지

나루터에 정착하는 날
편한 잠을 이루는 날이다.

들꽃

한강 변 둑길 따라 꽃으로 포장한 꽃길
가지가지 자기 수준 맞게 핀 꽃을 보니
나도 나의 수준에 맞는 꽃 되어본다

들에 핀
정처 없는 들꽃은 그 자체가 모든 이의 눈요기
설레는 마음 노리개로 희생의 멋과 도도함 자태

이 땅의 한 맺은 역사처럼
들꽃은 흔들림 없이 그 자리를 지켜왔다
묵묵히 본연의 자태를 지켜옴에 경의를 표한다.

제3부
봄이 물오르면

2022년 봄은

64세 되던 봄바람은

봄이기에

봄이 물오르면

꽃으로 다가온 그녀

올해도 봄이 오는 낌

오늘이 봄이구나

꽃을 보는 나

봄이 오는 소리에 상상想像

너를 만나는 날

이번 봄을 제대로 느껴보는 것은

햇살

봄날 햇살이 주는 안식

커피 한 잔으로 너라는 세상을 바라보면서

봄이 떠난 자리에 그리움이 그대로인 걸

과부하 걸린 봄이여~

가버린 청춘을 소환한들

그 비는 흔적을 지워 가는데

2022년 봄은

다가오는 나의 봄은
당신이 느껴오는 그런 봄보다 낫지 않아도
당신이 느끼는 정도의 봄이 되었으면

적어도 다가오는 봄은
텅 빈 가슴에 하나씩 채워가는 흰 도화지에
봄의 모든 것이 그려지기를

영화 속 담아내는 봄의 표현보다
더 멋들어지게 꽉 채워갔으면
봄의 한복판에 나를 있게 하리라.

64세 되던 봄바람은

살랑거림의 봄바람이 스며들며
얼굴에 스치면
나를 일깨우는 정신 차림이다
정신 차리려고 두리번거리니
그 사이에 세상이 변해있었다

현실회피로 넋 놓고 방치하며 넋두리할 때
세상 세월은 후다닥 가버렸다
훅 들어와 마음을 흔들어댄다
정리 정돈할 여유도 없이
지금 봄바람이 스쳐 가며 나를 조롱한다

세상을 그런 식으로 만들어가지 말라고
나를 꾸짖는다
쌀쌀한 봄바람이던 것이

마음을 채우는 포근함으로 변해올 때
이제야 정상화된 나를 보게 된다

지금의 바람결이 새로운 세상이다
나를 살리는 봄비도 내린다.

봄이기에

차디찬 인생의 역경을 견뎌내고
봄이 바람났네
걷잡을 수가 없다

신바람 난 봄은
숨겨진 꽃봉오리 진실을
그녀의 모습처럼

속살 보이며
화려하게 만개하면
그 아름다움이 도를 넘는구나

여인도 스스로 꽃을 피우는구나
속살은 싱싱하니 푸르름이
대단한 봄의 나들이다

바람난 김에 휘날려
너를 만나러 가면
실망은 없겠지.

봄이 물오르면

아무도 강요하지 않는
4월은 신비로움으로 시작하는데

봄은 꽃만 피우지 않더라
4월의 봄은 온천지 개화로
꽃들이 속살을 보여주기 시작하면

이 땅에 살고 있는 여인네들도
만개하며 여신들로 활짝 피운다
몸매의 속살이 하나둘씩 드러내기 시작하면
봄의 요술이 시작이로다

지난주 3월은 온통 두터운 옷맵시로
가려져 우중충한 것들이
한주 지나 4월에는 화사하고 밝음으로
몸매가 드러내지는 윤곽의 곡선들로
눈 시야를 신비롭게 하니

신의 조화인가, 조물주의 장난인가
범생에게 살판의 눈요기를 선사한다

이 아름다움을 드러내고 싶어 몸부림쳤던
여신들은 겨울을 어떻게 보냈을 거나

벚나무 꽃잎이
눈 내리듯이 우수수 벗어버릴 때가 되면
이 세상 여인네들도 덩달아
우수수 벗어버리고 가벼움으로 멋을 부린다

봄이 물오르고 있다는 이야기다
나도 오른다.

꽃으로 다가온 그녀

나는
꽃이 생명 있음을 알기에
신神에게 백기 투항한다

나는
꽃이 아름다움이 있음을 알기에
나를 버렸다

그런 나에게
꽃의 향기가 들어왔고
세상에 그녀가 존재하고 있음을 느껴오고
위안의 한숨으로 내일을 기다린다

나는 약속할게
그녀가 내게 찾아들면
의외의 모습으로 우리를 위해
이 세상 어느 것보다 너를 사랑할게.

올해도 봄이 오는 느낌

이른 아침
이르게 절로 떠진 눈
창 너머 이른 봄이 스며든다
올봄이 시작하는가

뭐부터 할까~?
집 안 청소부터
이불과 옷차림을 바꿔볼까
아니면 나부터 변모해야 하나~!

우왕좌왕하는 걸 보니
봄 맞을 준비가 되지 않았구나
늘 그랬다
준비 없이 뒤통수만 맞는다

그렇다고 도둑맞은 것처럼
허무하지 않게

늦기 전에
오늘 아침부터 준비해야 하는

그래서 평소에 맞지 않게
일찍 눈이 떠진 이유라
이 생각 저 생각으로 부산함이 시작된다

잠들어 있던 생각 속으로
봄이 스며드는 이른 아침은
봄소식이 창 너머 방안까지
거침없이 나를 감싸 돈다

나에게도 봄이 시작한다
자신감으로 마중해야지
닫혀있던 창문을 활짝 열어 제친다
마음에 포근함이 포옹하고 있구나

생긴 자신감으로

어깨 펴고 대문 활짝 열고

바깥과 조우하니

이 세상에도 신선한 공기가 있었구나.

오늘이 봄이구나

오늘이 봄날인가
봄기운에 베이지 바바리코트 입고
등줄기가 따스한 봄 거리를 거닐면
애교 넘치는 봄차림으로 봄내음 품고
스쳐오고 지나가는 봄 처녀들 세상이
희망 있는 호기심으로 봄이 생동한다

한겨울의 가뭄을 몰아내는
신선한 물줄기처럼 다가온다
이야깃거리가 정다운 봄에 스며들고
꽃은 스스로 피운다
꽃피우는 세상처럼 정확히 똑바로 살아가는
봄이 되었으면
꽃이 지지 않는 청춘이고 싶다

청춘은 지나간 세월이고 다가올 세월이다
살아있는 한

늘 그늘을 지켜주는 청춘
시원시원한 푸른 진리
새록새록 피어오르는 봄 세상을
시야에 넣고 봄 하늘을 널리 본다.

꽃을 보는 나

꽃이로다.

사람 사는 세상을 향기 품고
아름다움으로 성형이 필요 없는

눈동자를 도취하게 하고
마음을 선하게 하니

원죄를 녹아내리게 하는
이보다 조화로움의 멋은 없으니

세상은 이쁨을 담고 살맛 나는 근원이라
너는 내 마음으로 들어오는데

나는 감당할 수 없어 벅차기만,
꽃으로 들어가는 나를
발견한 나는

우주 세계로 들어가는 미지의 설렘

내가 꽃이 될 수는 없지만

아직도 꽃 세상의 순수한 멋이 살아있는 기쁨이라.

봄이 오는 소리에 상상想像

봄이 오네
봄이구나 느껴질 때
봄과 포개지면서 따스함은 하나로
봄이 오는 소리 그 감각은
봄이 나에게로 쫘악 파고들며
봄이 나에게로 들러붙으면
봄날의 향기 그 속으로 당신이
봄이 주는 생명력
아~
봄이 내게로 오면
봄은 사랑을 피우고
봄은 자신감의 힘을 얻는다
봄을 품은 중심에서
한 번이라도 꽃길을 걷는 나를 보고 싶다.

너를 만나는 날

봄을 노래하기에 나는 살 수 있다
봄날은 누구에게나 왔다 가는데
봄이 오는 소리 그 느낌 타고
봄은 그립다하며
봄나물은 뭘 보려고
봄 시샘은 경쟁적으로
험난한 이 땅을 비비고 나오는지
봄이 내게로 안기네

봄이 오는 향기 그 속에
봄 속에 당신이 피어오르니
봄에는 떠난 그녀가 오려나
봄을 핑계 잡고
봄은 서로 앞다퉈 드러내는구나
봄처럼 잘난 멋에
세상을 독차지하는 나를 본다.

이번 봄을 제대로 느껴보는 것은

꽃을 피웠습니다
시야에 봄이 들어오니 향기가 납니다
마음도 봄을 받아들입니다
사랑이 생기고 자신감으로 여유가 자리 잡습니다
봄이 행복을 줍니다

세상의 모든 것들이 쑥쑥 자라고
꽃들은 알아서
자기 자신을 활짝 열어놓습니다
참으로 보기에 좋습니다
찌든 세상 사람들에게 손짓하는 여유로움에서
생명의 활기찬 활력소를 느껴옵니다

세상 사람들이
봄을 기다리는 이유가 다 있습니다
겨우내 품었던 기다림의 희망 씨앗을
피울 수 있는 터전을 함께할 수 있기 때문입니다

올봄은 유난히 새 생명력이 보입니다

긍정肯定의 마음 사고思考가 자리 잡으면서
시야視野를 깊은 시각視覺으로 깨우쳐 줍니다
이런 봄이 나에게는 처음 겪는 즐거움입니다
이번 봄을 끝까지 제대로 느껴보겠습니다.

햇살

이미, 그전에 빛나는 무지개처럼
저 햇살은 내 마음을 밝게 하고
내 마음은 당신 마음에 비치니
사랑하는 까닭을 알게 한다

마음에 새겨지는
새롭고 더 깊게
완성될 수 없는 영원한 달콤함으로
감미롭게 중독되어간다

너와 나 향미香味 하며 함께하는 날
우리 마음에 꽃이 피면 사랑 열매로 피어오른다

비로소 어머님 기도가 완성되는 날
찬란스런 햇살은
희망의 생명 빛으로 화사하게 비춰지면
내면內面 녹이는 따사한 햇살로 전해진다

나도 너도.

봄날 햇살이 주는 안식

하늘을 찐하게 가리우던
허공중에
구름이 걷히고 햇살이 내리 비춰면
답답했던 가슴은
찬란히 빛나는 활짝 핀 꽃으로 향한다
너라면 가능한
그 따스함의 아름다움이 자리한다
살 것 같은 탁 트임이 오네
느낌이 오고 그 느낌이면
오랜만에 푸른 봄 하늘을 볼 수 있고
청춘의 싱싱함으로 봄꽃을 안으면
이 깊은 곳, 아픔은 잊어간다.

커피 한 잔으로 너라는 세상을 바라보면서

오늘따라 따스한 창가에 앉아
향기 있는 커피 한 잔을

젊은 시절 접대용 커피 한 잔에 잠 못 이루고
날 밤새던 아련한 기억들

본인이 난생처음 직접 주문한 투영된 커피 한 잔으로
창밖 세상과 대화를 나누고 싶어지는

창밖 세상은 나에게 뭐라 하며
야단칠지, 비아냥거릴지, 위로할지
커피 한 잔에 후련한 이야기 나눠보자

햇살 비친 창밖의 호기심은 해결되려나
너라는 존재가 세상에 들어서면
쓴 커피 속에 찾아드는 향긋한 향기와 따스한 달콤함
쓰디쓴 한 면만 생각한 어리석음이 찾아든다

이제야 달콤함이 있다는
보이지 않던 한 면이 보이기 시작한다
포근한 햇살의 힘이다

자신 있게 다가서도 되겠다는 가벼움의 희망이
창안으로 따사한 햇살로 펴지고
너도 들어와 나를 끄집어내어 함께 가자고 한다

힘이 생기며 절로 고개를 끄떡이는
나를 창가에 그려낸다.

봄이 떠난 자리에 그리움이 그대로인 걸

그리움이기에 봄이 오는 건지
봄이 오기에 그리움이 스며드는 건지
잠시 머무르다 지나가는 그리움인지
당신이 왔다가 그냥 간 길로
그리움이 사방으로 퍼져 나갑니다

머물지 않고 훅~ 떠나간
당신의 향기는
감정 여운 속으로 파고들어
그리움을 만들어내는 옹달샘입니다

그 자리에 차곡차곡 쌓여가는
깊어가는 공허한 외로움의 시간
그 속에 자리 잡은 애타는 몸부림입니다
언제까지 마음에 그리움이…

당신이 떠난 길목으로 봄이 떠나갑니다
봄이 떠난 자리에
눈길이 그 길목에 멈춰서 갈길 잃어
방황하며 끊임없이 흔들리는
갈대 같은 나를 봅니다
그리움이 그대로인 걸 어찌하란 말입니까.

과부하 걸린 봄이여~

꽃피는 모습은 봄인데~
기온은 여름이니
세월도 이성 잃은 과속으로
세상 물정을 포기하려나 봅니다

그러나 꽃을 찾아가 봄을 느끼려는 동심童心으로
내일은 정상적인 봄을 기다려봅니다

긴급 통화했습니다, 신神께
봄은 절로 오지 않는다고 들었습니다

시야는 분명 만발한 봄인데
날씨는 분명 여름입니다
이성 잃고 반항하는 세월을 탓하기엔
시야와 느낌은 좋습니다

봄을 놓고 싶지 않은 지금입니다
어서~,
가속기 밟지 말고 브레이크를 잡아주세요.

가버린 청춘을 소환한들

비 내리는 봄, 그날 오후
때깔 벗긴 푸르름의 신선함에
눈이 시원스럽다
가버린 청춘을 불러들였다
내 맘에 들어온 듯이 상큼했다

청춘, 한 때는
꽃보다 아름답다고 칭송받을 때도 있었지
한 방에 날려 가리라 누가 믿었던가
그때는 미인 버금가는 싱싱함의 아름다움이었지

그러면 뭐하리
떠난 그 자리는 낙엽보다 추한 것을
사랑 없이 의무감으로 주는 청춘의 아름다움은
향기 잃은 추함이라.

그 비는 흔적을 지워 가는데

그녀가 나에게 보여주는 미소만큼
보이지 않는 그림자가 짙게 드리워져 간다

아픔이구나, 이것이
그대 그대로 고이 간직한 채 지나가면

비 오는데
드리운 그림자가 변명 없이 사라져 간다면

너무 슬프잖아
말없이 안도하며 위안을 찾는다

어느 날, 비 내리는데
그 비를 사람들은 봄비라고 말하면

뭘 보고 봄비라고 하나~?
그 봄비 뒤안길에 서 있는 나는

그 비는 흔적을 지워가기만…
아~

제4부
시詩를 부르는 가을향기

9월 초 가을바람

삶의 굴곡 속으로
가을이 슬며시 파고듭니다
느리게 왔으면 했지만

벌써 세상에는
우리 동네 봉제산 골짜기에서
가을을 알리는 향기 품은 바람이
솔솔 불어와
내 육신을 씻기고
나의 시야로 자리 잡습니다

가을바람 살랑거림이
잎새를 나비처럼 흔들어 대고
처녀 치맛자락을 설렁거리게 합니다

내가 왔노라고~~
온 세상에 내려앉은 가을 녘입니다.

어느덧, 여름이 지나가니

시간이 간다
한순간에 여름이 가고
가을 문턱으로 다가선다

무성한 여름이라도
가을에는 낙엽 되어 가듯

싱싱한 힘찬 청춘도
어느 날 연약한 인생 되어 버린

그리움 맘속에
멀어져간 수繡놓은 세월
참으로 가치 없이 보낸 나날들

걷다가 후회하면서
긴 시간 동안 기억하는
걸어온 내 삶의 인생길

그래도 나의 인생을
사랑하기에
오늘도 적응하면서 함께한다.

여름은 가을로 가라 하는데

세상으로 온통 들리어 오는
파괴의 아우성이 무질서로 들락거리는데
천둥소리에 모든 것이 놀라
다 도망가고 사라져가는구나

영원히 간직하려던
모든 것이 멈춰선
다 외로워하고 있구나

여름이 지나가면
잊어졌던 그 사람을
그리워 그리워서
끝없이 흐르는 마음속 눈물은
홀로 고요함을 붙들고 있었구나

잠 못 이루는 여름이지만
열린 창문을 닫는 가을이 오는데
그 사람이 올 수 없다는 계절로 가면
마르지 않는 눈물로
가을은 긴 침묵의 시작인가
설렘과 아쉬운 가을 길목에서….

가을 느낌

친구 놈이
코스모스 피었다고 보내온 사진 한 장에
떠나있던 가을이 파고든다

높은 가을 미소가 내리비춘다
찌든 정신을 씻어내면
이 가을에 내가 있음을 알게 한다

어둡던 눈동자가 시원해지고
시야가 저 들녘까지 이르면
내 속이 황금 물결로 채워간다

수확결실을 생각하니
감사感謝 속에 살아가야 한다는 생기가 돈다
다시금 설렘과 사랑이 자리한다

청명 가을하늘이 이렇게 긍정을 준다
이번 가을은 느낌이 좋다
내 마음을 사로잡은 가을은 처음이다

응답 있는 기도를 할 때인가
내일이 기대된다
난생처음이다.

시詩를 부르는 가을향기

가을 오는 향기에
시인詩人 맘 가을 타는 꽃향기로
황홀한 인연을 지금도 놓지 않고
꿈꿔오는 것은
그 임을 그려오기 때문인가
풍요로운 가을향기
지친 나에게 위안되어
임의 손으로
가을향기 퍼지면
나를 사로잡는다

영혼의 공허함 속 몸부림일까
구한다고 구해질 수 없는 인연이라지만
문득, 잊어졌던 첫사랑을
다시금 추억 노트 꺼내어
마음에 담는다
그리움의 아픔이 싹 튼다
쓴 커피 한 잔은 내 마음 추억되어
진한 가을향기의 너울 되어 흐른다.

가을밤

어설픈 밤안개가 내려앉는 창가
차분한 밤이 흐르고
불빛에 희미한 별빛이 더해져
세상은 색조로 눈을 즐겁게 하고
삶을 풍요롭게 하는 요즘
세상 살아가는 맛을 돋운다
혼을 담아내는 세상 속 영혼들
흐뭇한 표정으로 저물어가는
가을밤 정취
단풍에 영혼을 담아
후회 없는 한판의 인생 드라마
잘난 멋의 가을
숨어든 넉넉한 사랑의 아름다움이
고즈넉하게 흐른다.

가을 아픔

적막감~! 빈 가슴을 울린다
빈 가슴에 답답함이 담배 연기처럼 차오르면
오늘을 마감하고
내일을 준비하는 이 순간에
보고 싶어 함께하고픈 마음으로
가을은 깊이 다가오는가

날씨의 싸늘함이 창문 닫게 하지만
빈 가슴에 물안개처럼 슬며시 파고들면
아쉬움의 발걸음이 힘들게 떨어진다
유난히 낙엽이 크게 다가와
쓸쓸함을 가중시킨다
지쳐간다

나는 인생 바보인가
홀로 남는다는
가을 아픔을 이겨내지 못하고
짠한 마음으로 외톨이 되어
두려움 품고
오직 그대만 생각하고 있으니…
가을에는 침묵만 남는다.

고추잠자리

보고 싶다는 말은 그리움의 칼날
그리움 속 보고픔에 안달 나서
달려가는 발길로 가을바람 불어와
안착하려는 가슴팍에 쓸쓸함이 맴돈다.
가을바람이 귓가를 스치면…

「내 삶을 만들어가는
 또 다른 나의 공간
 인생 시간 동행자 벗님
 힘들고, 어려울 때
 외롭게 쓸쓸히 계절 따라
 너의 모습 변해가며
 너는 늘 나를 위로했어~
 고마운 벗님
 너는 나의 존재」

가을바람에 서늘한 내 맘
우리라는 이름의 기쁨으로
당신에게 사랑받으려고 서성거림은
내 곁에 잡아두고 싶은 초가을 욕심이라
당신 곁에서 맴돌려는 속 좁은 인생

평온히 다가와 내려앉지도 못하고
뱅뱅 도는 고추잠자리
방황의 가을 길목에서 시간이 머물고 있네
가을을 재촉하는 바람결은 싫어
또, 고독이 밀리어 오는 것이.

이제야 가을바람이 불어오는 의미를

내 나이 63세에 불어오는 가을바람은
신선함으로 삶을 갈아타는 단풍처럼
나도 인생 2막으로 갈아타야 한다

태어나면서 이미 슬픔은 시작되었고
이제는 그 슬픔을 녹이며
마음에 녹아있던 슬픔을 메아리로 날려버리고
인생길을 갈아타 보자

어쩌다가
"무궁화 꽃은 피었습니다."
말뚝박기 술래잡기하던 어린 시절은
어디로 갔는지

그 시절에도 분명 가을이 있었고
오늘처럼 가을바람이 불어왔을 텐데
하나도 기억이 없다

흘러 흘러서 오늘도 부는 가을바람이
63세에 이르러 의미를 생각하니
나에게 62번이나 스쳐 간 가을바람은
온데간데없고 오늘만 남았다

앞으로 몇 번 찾아들고
내가 느낄지 알 수 없지만
이제야 다음을 준비하라는
가을바람의 깊은 가르침을 깨우치는
이번 가을바람이다.

속도 위반하는 가을 속사정은

세월이 바쁜 모양입니다
우리에게 가을을 내려놓지 않고 훅 가버렸으니
그냥 가버린 가을을 섭섭해하면서
오늘을 보내고 있습니다

가을 자리에 비집고 들어온
겨울을 잘 견디어 내면서
가을옷 차림은 볼 수 없고
두터운 옷차림뿐입니다

온 건지 아니 온 것인지 가버렸는지
알 수 없는 불만 불평으로
가을옷을 입어보지도 못하고
옷장에 넣고
겨울옷을 꺼내어 놓으면서

반칙하는 세월이 미웠습니다.

세월을 관장할 수 없는

우리네 사람들은

신神이 주신대로 그냥 살아갈 뿐입니다.

잃어가는 가을 소임

가을 오려나 설렌 나에게
오지도 않은 가을 밀어내고
겨울이 온다는 것은
세월이나 계절이나
제 직분 다하지 않고
돌아가는 세상에
어리벙벙하기만 하다

다들 제소임도 하지 않고
큰소리만 치는
바보 되어가는 세상 놀이에
가을 잃은 계절 상실로
우리에게 축복의 결실이 사라지고
두려움에 나도 빙빙 돈다

낮 설은 계절 놀이에
아닌 것 아니라고 해야
정신 나간 세월이나 계절이
정신 차리고
제자리로 돌아와
세상에 주어진 제 위치에서
소임所任을 할 것 아닌가.

가을, 단풍을 잃다

가을 가면
꽃은 소멸하고
말라가는 잎 가파른 숨결
끝내 호흡 멈추어
감정이 상실되어지면
기억과 현실에서
잃은 낙엽처럼 방황하는 삶
모든 것이 떠나고 있다
사라져가고 있다

사람이
다시 꽃을 품을 수 있다면
바람 실어
가을 떠나는 소리를
가슴에 얹으면
단풍은 끝내
자기가 그려놓은 화폭에서 지워져 간다

가을은 단풍을 잃으며
다시 산모의 잉태로 숨어든다

그리고
그다음을 준비하면
생명 되어 꽃이 피어나리.

사랑이 시작되면 늘 찾아드는 그것

그때는,
그대가 따뜻한 사람인 줄 몰랐어
참으로 근시안의 어리석음이었지
이제와 후회한들 아무 의미 없지만
그래도 나 자신을 달래는 위안으로
거리감을 두는 것이 아니었는데
그저 기계적으로 만나온 나 자신이
어리석고 바보스러움이

사랑이 시작하면,
그대에게 다가설 때마다
나는 나 자신을 알아가는 시간이 되었지
나는 나의 처지부터 돌아볼 수 있었어
갑자기 자신감은 상실되고
기氣는 사라져갔지
그러니, 왜소해지는 나 자신이 한심해질 수밖에
사랑 앞에 서면 처량해질까?

사랑의 향기는 바람결에 날아가고
상긋한 설렘은 두려움의 식은땀으로 변해가면
헤어짐의 준비가 먼저 자리 잡는다
사랑할 땐 유쾌함만 찾아들고, 즐겁고, 신나야 하는데
그대에게 다가섬으로 가까워질수록
도리어 겁이 나며 그것이 나를 괴롭혀온다
다 떠나는 이유가 있다지만….

가을비가 스며드는 잡념

비가 구슬구슬 내리는 오늘
진정한 의미의 가을이 오는 소리인가
세상은 단풍놀이하다가
아~차 하는 순간 낙엽의 이별을 보겠지

세월이 정처 없이 흐르니
보이지 않는 나를 붙들고 슬피 운다
잊어야지 지난 사연들
생각하면 할수록 지쳐가는 지난 시절들
모두 잊고 지금이라도 기분 좋게 보낼 수 있을까

가을이다, 사랑해
인생이다, 너도 사랑해
이 순간 내려앉는 사랑이
나의 마음에도 조용히 안착하겠지
세월이 남겨준 소중한 사연으로….

늦가을 비

가을비가 내리나
설 잠을 깨운 놀란 가슴에

새벽녘 처마를 내리치는 가을비
멍한 가슴을 후려친다

고독을 깨우면
허공의 쓸쓸함을 들키고 만다

못된 가을비
늦가을…

늙어가는 단풍도 이별을 고할 때가
사라져 가야 한다

미련을 남기지 말자
침묵은 길어지고
창밖에 설움이 흐르고 있다.

그리움이 이별로 완성되어 가는데

어느 날 오후
너를 생각하면서
그리움이
함께 완성되어가는

우리는
화창한 날씨답게
너를 볼 수 있다면
후회 없이 너를 보낼 수 있는데

일일이 기억들이 혼잡하게 드나들며
지워져 가는 오늘
눈을 감으면 비워가는 나의 공간에
네가 나타나 혼란스럽게 한다

"그리움의 완성은 이별을
 이별의 완성은 나만 남는다."
네가 남긴 빈 공간 부는 찬바람은
누구에게 달려가는지

마음 약한 내가 네가 미워서
따지러 가다가 그리워지는
미묘한 감정교차에 지쳐간다
네가 그 정도일 줄이야.

그리움에서 나를 찾아야지

그려왔던 그녀가 훅 들어왔다
첫사랑이 오듯이
상처는 오래 남고 아픔은 잊지 못하는
가을인가

그녀에게는 내가 투명 존재일 뿐
뜨거웠던 청춘 다 보내고
아픔만 남긴 채 살다가
오늘따라
마음에 뭉클함이 그냥 번개 친다
그리움이 더 사무쳐 몸부림한다

홀로 남게 한 그녀
고독을 주는 그녀
그리움 속에 몸서리치게 하는 그녀
그런 당신을 찾다가
그 그리움 속으로 나를 잃어버렸다

빗소리에 스며드는 홀로 남은

빗줄기로 갈라놓은 고독은

흘러 흘러 당신에게도 전해질 수 있을까

물줄기는 바다 한곳으로 모여

모든 것을 이루건만

그리움은 어디로 모여

맺힌 한恨을 풀 수 있을까~

누구나 늙어가고 있구나 그리고는…

길가에 동네 어른이 지나가고,
인사드리며 속마음에 놀람이 들어온다
저렇게 왜소해지다니
저렇게 늙어지다니
내 눈을 의심하며 세월 흐름의 침묵공포가 스며든다
누구나 다 늙어가고 있었구나

오늘이 지나면,
주어진 시간이 좀 더 줄어들고 있다는
그만큼 가까이 다가오고 있다는
그 느낌이
너도, 나 자신도, 그 사람도, 이 세상 모든 이가
아는지 모르는지

그저 새삼 깜짝 놀람으로
나만 애달프게 달고 사는지

어리석은 나약함이지만
죽음에 대한 두려움이 은근히 밀리어 든다

집에 들어와
연로하신 95세 어머님의 손을 꼭~ 잡아본다
엄마의 눈빛 보고 몸체를 본다
그리고 세월 시간을 보고 신神에게 기도한다
어찌할 수 없단 말인가!

자아 성찰과 인생 의미의 탐구
— 성성모 제2시집 『그래도 살아야지』

김 송 배
시인. 한국시인협회 심의위원

1. '나'를 성찰하는 자애自愛의 인식

현대시의 지향점이나 시인의 의식은 현실 인식에서 '나'를 작품의 중심에 두지 않고서는 주제의 창출이나 이미지의 투영이 객관화해서 그 시인의 진실을 이해하는 데 약간의 어려움이 발생하게 된다. 이러한 시적 상황들은 화자話者인 '나'는 시인 자신을 사랑하는 자애에서 출발하거나 스스로 자신을 존중하면서 자기의 품위를 지키려는 자존自尊의 의미를 담고 있어서 자기 중심의 체험과 현실적인 생활 반경에서 다채롭게 전개되는 현상들이 작품으로 형상화하는 시법詩法을 많이 대하게 된다.

여기 성성모 시인이 상재하는 제2시집 『그래도 살아야지』를 일별하면서 먼저 이러한 형상을 적시하는 것은 그가 시적 상황 도입이나 전개 그리고 결론인 주제에 이르기까지 '나'에 대한 다양한 사유思惟를 통해서 자신을 조망眺望하거나 자신의 내면 의식을 승화하려는 심경의 범주範疇를 이해할 수 있기 때문이다.

일찍이 소크라테스도 "너 자신을 알라"라고 해서 나 자신에게 먼저 자인自認하는 인식의 감도感度를 정립하라는 명언이나 철학자 키케로가 "자기 자신에게 영혼을 다 바쳐 의지하고 자신 속에 모든 것을 소유하는 자는 행복하지 않는 법은 없다"는 말로 '나'에 대한 절대적인 가치와 존엄을 중시하는 교시적教示的인 조언을 하고 있는 것이다.

성성모 시인은 작품 「나는 누구인가」 중에서 "이 세상에 사는 나는/ 남을 대비하며 구별되는 나/ 나라고 인식하고 있는 나/ 타인이 너라고 하는 나/ 내가 만지고 생각하며/ 세월 속 사회에서/ 성모라 지칭되는 나는 누구인가// 장애와 각종 질병을 달고/ 시공간時空間 초월도 없이/ 사는 힘은 어디서 나오는지/ 그 육신은 어디서 왔고/ 그 힘은 어디서 오는가"라는 자문自問으로 '나'를 확인하면서 그의 작품들은 심도深度있게 출발하고 있다.

이미 접어든 세상살이
나는 울면서도
견디어낼 수밖에 없다

단, 한 번도 황홀한 삶이 없었으니
내 눈으로 비친 행복을
직접 볼 때까지 살아내야 한다

비록 살아가고 있는
현세現世는 나에게 맞지 않아도
무조건 살아가야만 한다

인생 삶은 답도 없고
짠하게 절로 나타나지 않지만
그래도 살아야지

아픈 인생을 이겨내며
나 스스로 마무리하는 마음으로
당차게 끝까지 살아남아 정리해야 한다

이 세상에서 살아가야 하는
최선의 도리이고 권리라
유종有終의 미美로 나를 남기기 위해
그래서 살아남아야 한다.

─「그래도 살아야지」 전문

성성모 시인은 이 시집의 표제 시인 「그래도 살아야지」라는 비장한 각오가 적시되는 화두話頭로 작품을 전개하고 있다. 그는 "이미 접어든 세상살이/ 나는 울면서도/ 견디어낼 수밖에 없다"는 상황 설정에서 이미 그가 의도한 시적 발상 동기를 이해하게 되지만 그는 "단, 한 번도 황홀한 삶이 없었으니/ 내 눈으로 비친 행복을/ 직접 볼 때까지 살아내야 한다"는 단호한 시적인 진실을 단정하고 있어서 그가 이 세상을 무조건 살아가야 하는 이유를 공감하게 한다.

　　그는 다시 "아픈 인생을 이겨내며/ 나 스스로 마무리하는 마음으로/ 당차게 끝까지 살아남아 정리해야 한다"는 어조로 '아픈 인생'이라는 그의 운명적인 삶에 대한 불변의 극복 의지를 내포內包하면서 결론적으로 "유종有終의 미美로 나를 남기기 위해/ 그래서 살아남아야 한다."는 주제를 그의 인생론으로 명징明澄하게 정리하고 있어서 우리는 그 의미의 탐구를 공유하게 된다.

　　　　어느 날부터인지
　　　　알 수는 없지만
　　　　내 마음에 청춘이 밀려나고
　　　　그 자리에

갈색이 자리 잡았다

거울에 비친
늙은 내가 서 있었으니
두고 온 지난 인생이
긴 한숨 내쉬는
삶의 무게를 보여주지만

그러나 이런 나를
사랑할 거야
사랑하고 말 거야

늦었지만 지금부터라도
주어진 인생이 끝나는 날까지
열심히 내가 나를 사랑하면서 말이야~.

— 「늙어가는 나를 사랑할 거야」 전문

　성성모 시인은 자신의 인생 연륜에서 회의懷疑를 느꼈던 늙음에 대한 반어로 "나를 사랑할 거야"라고 절규하고 있는 것이다. 그는 자아自我를 인식하면서 자신을 사랑自愛-self love하는 충만된 내심內心을 적시함으로써 그에게 "거울에 비친/ 늙은 내가 서 있었으니/ 두고 온 지난 인생이/ 긴 한숨 내쉬는/ 삶의 무게를 보여주지만" 그는 이러한 자신을 더욱 사랑해야겠다는 확고한 의식을 정립하고 있는 것이다.

그는 결론에서 "늦었지만 지금부터라도/ 주어진 인생이 끝나는 날까지/ 열심히 내가 나를 사랑하면서 말이야"라는 주제의 투영은 그가 여망興望하는 인생이 심리적으로 화합하는 시법을 이해하게 된다. 이러한 그의 어조는 "한 번쯤 멈출 수도 있건만/ 아픔은 사랑이었고/ 그리움은 자신自身이었네/ 나를 그리워했고/ 나를 사랑했어야 했어/ 내 안에 나를 창피했고/ 눈물을 흘렸지만/ 아픔을 승화하는 아픔 속에 피는 사랑/ 아픔을 이겨가는 그리움은/ 바로 나였고/ 나의 삶 여정이었어/ 그 안에 우리 주님께서 있었네(「나의 의미를 위해 이겨내리」 중에서)"라고 자성自省하고 있는 것이다.

이 밖에도 작품 「인생에 나의 공간을 만들까」 「64세 되던 봄바람은」 「커피 한 잔으로 너라는 세상을 바라보면서」 「낙선 아픔을 야속하게 되살려내는 밤에」 등에서 '나'를 인식하면서 분사噴射하는 사랑의 메시지를 감동 있게 이해할 수 있을 것이다.

2. 삶을 통한 인생관 정립의 기원 의지

성성모 시인은 '나'라는 삶의 주체를 통해서 자아

를 인식하는 과정에서 자신의 인생을 다시 점검하거나 새로운 인생관의 정립을 위한 기원의 의식이 다채롭게 펼쳐지고 있다. 그는 "다수 속에 고독이 외로이 스며드는 고통까지/ 견디어내며/ 알아서 기어야 하는지, 알아서 이겨내야 하는지/ 다들 끝이 있다는 것을 망각한 채/ 다른 끝으로 각자의 길로 가고 있는데/ 이 순간에도 살면서 삶을 이해할 수가 없으니.(「삶 자체가 뭘 하자는 건지」 중에서)"라는 어조로 자신을 자숙自肅-self control하고 있는 것이다.

일찍이 셰익스피어도 "인생은 불안정한 항해다"라는 말로 우리 인간들의 희로애락喜怒哀樂과 동행한 삶에서 인생을 창조하는 조화가 때로는 눈물로, 때로는 희망으로 생활환경에 의해서 다채롭게 변화하는 양상을 읽을 수 있게 한다. 그래서 성성모 시인은 "지금이라도 시작하자/ 남이 인정해주는 인생보다/ 내가 받아들일 수 있는 인생人生이어야 한다/ 주어진 삶을 간섭당하는 것이 싫다/ 내가 만들고 만들어지는 인생이고 싶다(「진짜 내 인생을 만들어 보자」 중에서)"는 소망을 피력하고 있는 것이다.

인생은 겨울처럼

고요함으로 내려앉는 침묵인가

내 안의 침묵을 끄집어내고 싶어

인생아~, 좀 쉬었다가 가자

너무나 벅차 숨이 막혀온다

욕심 없이 천천히 하자

할 것 없어 그냥 보내기 뭐하니

나 홀로 가는 여행이기에

아픔과 설렘을 동시에 품고

가끔씩 쉬엄쉬엄 가자

언제까지 인생을 함께하며 간직할 수 있을까

점점 차지하는 범위가 작아진다는 것을 느껴오며

나의 인생이 세월 속에서 머물 때까지

내려앉는 노을이 세상에서 사라지면

인생은 어둠 속에서 머무네

그러면 나는…

지금까지의 인생을 내려놓으며

동트는 아침을 그린다.

— 「인생아~, 쉬엄쉬엄 가자」 전문

그렇다. 성성모 시인이 추구하려는 인생관 정립은
"인생은 겨울처럼/ 고요함으로 내려앉는 침묵인가"라
는 의문에서 출발한다. 그는 다시 "나 홀로 가는 여행
이기에/ 아픔과 설렘을 동시에 품고/ 가끔씩 쉬엄쉬
엄 가자/ 언제까지 인생을 함께하며 간직할 수 있을
까"라는 그의 심중에서 사유를 혼란이 언제까지 계속

될 것인가에 대한 자문이 "나의 인생이 세월 속에서 머물 때까지/ 내려앉는 노을이 세상에서 사라지면/ 인생은 어둠 속에서 머무네"라는 해법을 적시하고 있는 것이다.

그는 이러한 의문형 시법을 다수 사용하여 그동안 간직한 풀리지 않는 인생의 함수들을 구명究明하려는 그의 의문형 시법을 이해하게 되는데 다음과 같은 화법으로 그의 내면에 잠재한 인생 문제를 해소해보려는 노력을 엿보게 한다.

— 어차피 인생에는 답이 없다/ 그러니 문제 풀 일도 없다/ 어느 글로 표현한들 나의 마음을 대신할까/ 나를 품어낼 수 없지 않은가!(「살다가 다가오는 인연들」 중에서)
— 우리 안에 사랑이 있다면/ 얄궂진 인생살이가 좀 나아질까/ 바보같이 한결같았던 인생/ 네가 나보다 더 고생했을까/ 네가 나보다 더 깊은 생각해 봤을까(「멍에를 벗어내며」 중에서)
— 내가 인생에서 할 일이 뭔지/ 존재는 하고 있는지/ 아침 길 짙은 안개로 갈 길을 가로막는다(「꿈꾸고 싶어 못 이룬 잠」 중에서)
— 저린 인생과 함께 살아온 나를/ 나 스스로 저린 인생을 승화하는/ 엷은 묵화로 그려진 인생(「짝사랑의 자화상」 중에서)

이처럼 그가 풀지 못하는 인생 문제들이 이 시집 전체의 이미지나 주제의 형상화에서 읽을 수가 있어서 인생은 그의 사유에서 더욱 진정한 주체가 되고 있는 것이다. 이것이 진정한 인본주의humanism의 발현임을 이해하게 한다.

> 늘 빼앗기기만 했던 인생
> 이제는 그럴 수 없다
>
> 늘 설레던 당신 앞처럼
> 정신없이 자신 없이 살지 않겠다
>
> 늘 기억 속에서 사라진 인생들을
> 한 맺힌 울분으로 되새김으로
> 앞으로 진행될 인생을 좌절시키지 않겠다
>
> 이제는 좋은 인생
> 내가 원하는 인생을 만들어야지
> 늦지 않았으니 자신 있게 만들어가자
>
> 이제는 장애인 속 암 투병의
> 비굴함에서 벗어나 당당하게
> 그래서 정신 바짝 차리고 살아봐야지
>
> 이제는 내 손으로 인간승리人間勝利로
> 내가 만들어낸 인생 人生에서
> 내 인생을 자신 있게 세상에 소개하고 싶다.
>
> ─「이제는 내 인생이 만들어지기를」 전문

성성모 시인은 이제 자신만이 영위하면서 영원히 동행해야 할 인생의 재탄생을 구상하고 있다. 그것은 간절한 소망이 내포된 "이제는 내 인생이 만들어지기를" 기원하고 있어서 그가 "이제는 내 손으로 인간승리人間勝利로/ 내가 만들어낸 인생人生에서/ 내 인생을 자신 있게 세상에 소개하고 싶다."는 순진무구의 진솔한 의식의 흐름을 알 수 있을 것이다.

그는 "늘 빼앗기기만 했던 인생", "늘 기억 속에서 사라진 인생"이었던 지난날의 인생을 "이제는 좋은 인생/ 내가 원하는 인생을 만들기" 위해서 "앞으로 진행될 인생을 좌절시키지 않겠다"는 애절한 어조로 자신의 미래를 꿈꾸고 있는 것이다. 또한, 그는 "이제는 장애인 속 암 투병의/ 비굴함에서 벗어나 당당하게/ 그래서 정신 바짝 차리고 살아야" 하겠다는 명민明敏한 각오와 결심을 형상화하고 있어서 공감의 영역은 확대되고 있는 것이다.

그는 "이제야 나이 들어서야/ 왜~? 나만 공간을 둘 수 없을까/ 호기심 속 자신감이 어디서 나오는지/ 방해해도, 훼방 내도/ 소외 취급에서 벗어나 남들이 뭐라 해도/ 인생 담아 놓을 공간空間을 둬야/ 영역 없는 설움에서 벗어나야 한다// 선명鮮明한 나의 인생人生을

위하여~!"라거나 "이 널따란 세상에/ 혹시, 나의 공간
도 있지 않을까/ 단지, 발견하지 못할 뿐인가/ 내가
만들면 있는 것 아닌가/ 열등에서 벗어나는 자신감으
로/ 나의 공간을 인생에 남겨야만 한다(「인생에 나의 공간
을 만들까」 중에서)"라는 어조에서 알 수 있듯이 지극히 순
수한 정감으로 자신의 미래를 예측하고 있는 것이다.

3. 봄 향기로 생성하는 새 생명력

성성모 시인은 봄 향기를 만끽滿喫하는 새 생명에서
새로운 희망을 느끼고 있다. 그는 "잠들어 있던 생각
속으로/ 봄이 스며드는 이른 아침은/ 봄소식이 창 너
머 방안까지/ 거침없이 나를 감싸 돈다(「올해도 봄이 오는
느낌」 중에서)"는 봄소식에서 "세상 사람들이/ 봄을 기다
리는 이유가 다 있습니다/ 겨우내 품었던 기다림의 희
망 씨앗을/ 피울 수 있는 터전을 함께할 수 있기 때문
입니다/ 올봄은 유난히 새 생명력이 보입니다(「이번 봄을
제대로 느껴보는 것은」 중에서)"는 평소와 다른 정감적인 희망
을 현현하고 있는 것이다.

일찍이 미국의 평론가 에머슨은 "봄철의 모든 숭앙

은 사랑으로 연결된다"고 했다. 봄의 이미지는 사랑의 연결이다. 겨우내 깊이 잠재웠던 기다림이 따스한 태양과 함께 만유萬有의 자연이 새싹을 움 틔우는 사랑의 계절이다. 이러한 호시절을 맞이하여 성성모 시인도 활기찬 감성으로 봄 향기와 교감하고 있는 것이다.

오늘이 봄날인가
봄기운에 베이지 바바리코트 입고
등줄기가 따스한 봄 거리를 거닐면
애교 넘치는 봄차림으로 봄내음 품고
스쳐오고 지나가는 봄 처녀들 세상이
희망 있는 호기심으로 봄이 생동한다

한겨울의 가뭄을 몰아내는
신선한 물줄기처럼 다가온다
이야깃거리가 정다운 봄에 스며들고
꽃은 스스로 피운다
꽃피우는 세상처럼 정확히 똑바로 살아가는
봄이 되었으면
꽃이 지지 않는 청춘이고 싶다

청춘은 지나간 세월이고 다가올 세월이다
살아있는 한
늘 그늘을 지켜주는 청춘
시원시원한 푸른 진리
새록새록 피어오르는 봄 세상을

시야에 넣고 봄 하늘을 널리 본다.

　－「오늘이 봄이구나」 전문

　그는 이 봄날에 "꽃피우는 세상처럼 정확히 똑바로 살아가는/ 봄이 되었으면/ 꽃이 지지 않는 청춘이고 싶다"는 기원 의지를 먼저 분사하고 있다. 그는 다시 "청춘은 지나간 세월이고 다가올 세월이다"라는 청춘과 세월의 대칭은 그의 인생관에서 불망不忘으로 남아 있는 신변의 고행苦行을 치유할 수 있는 희망의 메시지임을 이해할 수 있게 한다.

　그는 생동하는 봄을 "살아있는 한/ 늘 그늘을 지켜 주는 청춘/ 시원시원한 푸른 진리"라는 진실을 토로하고 있어서 봄날 베이지 바바리코트를 입고 봄 거리를 거닐면서 감응感應하는 그의 생동감 넘치는 희망을 엿보게 하고 있어서 우리 독자들도 봄 향기를 통해서 청춘을 구현하려는 공감을 유발시키고 있는 것이다

　꽃이로다.

　사람 사는 세상을 향기 품고
　아름다움으로 성형이 필요 없는

눈동자를 도취하게 하고
마음을 선하게 하니

원죄를 녹아내리게 하는
이보다 조화로움의 멋은 없으니

세상은 이쁨을 담고 살맛 나는 근원이라
너는 내 마음으로 들어오는데

나는 감당할 수 없어 벅차기만
꽃으로 들어가는 나를
발견한 나는

우주 세계로 들어가는 미지의 설렘
내가 꽃이 될 수는 없지만
아직도 꽃 세상의 순수한 멋이 살아있는 기쁨이라.

— 「꽃을 보는 나」 전문

성성모 시인은 꽃을 보면서 또 다른 감회에 젖고
있다. 그는 "사람 사는 세상을 향기 품고/ 아름다움으
로 성형이 필요 없는// 눈동자를 도취하게 하고/ 마
음을 선하게 하니" 하는 꽃에 대한 서정성의 시심詩心
은 '나'와 '꽃'과의 대칭적인 화해로 그가 구가하려는
서정적 자아의 한 단면일 수도 있다는 결론에 이르게
하고 있다.

그는 "세상은 이쁨을 담고 살맛 나는 근원이라/ 너는 내 마음으로 들어오는데" 하는 마력魔力을 소유한 봄꽃의 이미지는 마침내 "꽃으로 들어가는 나를/ 발견"하고 나는 꽃과 동화同化-assimilation하고 균질화均質化하는 시법을 읽을 수 있게 한다. 그는 결론적으로 마지막 연에서 "우주 세계로 들어가는 미지의 설렘/ 내가 꽃이 될 수는 없지만/ 아직도 꽃 세상의 순수한 멋이 살아있는 기쁨이라."라는 형이상적인 이미지를 발현하고 있어서 그의 시혼詩魂은 영원성을 지니는 궁극적인 진실을 이해하게 한다.

그는 다시 "이 아름다움을 드러내고 싶어 몸부림쳤던/ 여신들은 겨울을 어떻게 보냈을 거나// 벚나무 꽃잎이/ 눈 내리듯이 우수수 벗어버릴 때가 되면/ 이 세상 여인네들도 덩달아 / 우수수 벗어버리고 가벼움으로 멋을 부린다(「봄이 물오르면」 중에서)"는 어조에서 들려주는telling 시 정신의 원류는 서정성을 배제하지 않는 순수한 시법을 읽을 수 있다는 점을 간과看過할 수 없을 것이다.

그는 작품 「봄날 햇살이 주는 안식」에서도 "오랜만에 푸른 봄 하늘을 볼 수 있고/ 청춘의 싱싱함으로 봄꽃을 안으면/ 이 깊은 곳, 아픔은 잊어간다."는 어조로 그의 아픔에 대한 치유治癒의 희망도 동시에 갈망하는 기원을 엿보게 하고 있다. 이 밖에도 작품 「봄이 물오르면」 「봄이기에」 「봄이 오는 소리에 상상」 「꽃으로 다가온 그녀」 「과부하 걸린 봄이여」 「들꽃」 등에서 봄 향기와 더불어 그의 생명적인 열망熱望이 관류灌流하는 주제를 감응하게 한다.

4. 가을 정취에서 탐색하는 서정성

성성모 시인은 봄에 이어서 가을의 풍광風光에도 심취深醉하면서 그가 가장 소중하게 여기는 서정시를 가을 향기에서 불러내고 있다. 그 정취에서 탐색하는 그의 서정적 자아는 가을 이미지와 상응相應하는 풍요로움과는 약간 거리를 둔 채 늦가을 이미지인 고독감이 엄습掩襲하는 것은 어인 일인가.

그는 "흘러 흘러서 오늘도 부는 가을바람이/ 63세에 이르러 의미를 생각하니/ 나에게 62번이나 스쳐간 가을바람은/ 온데간데없고 오늘만 남았다// 앞으로 몇 번 찾아들고/ 내가 느낄지 알 수 없지만/ 이제야 다음을 준비하라는/ 가을바람의 깊은 가르침을 깨우치는/ 이번 가을바람이다.(「이제야 가을바람이 불어오는 의미를」 중에서)"라는 어조로 가을과 가을바람을 맞이하고 있는 것이다.

가을 오는 향기에
시인詩人 맘 가을 타는 꽃향기로
황홀한 인연을 지금도 놓지 않고
꿈꿔오는 것은
그 임을 그려오기 때문인가
풍요로운 가을향기
지친 나에게 위안되어
임의 손으로
가을향기 퍼지면
나를 사로잡는다

영혼의 공허함 속 몸부림일까
구한다고 구해질 수 없는 인연이라지만
문득, 잊어졌던 첫사랑을
다시금 추억 노트 꺼내어
마음에 담는다
그리움의 아픔이 싹 튼다

쓴 커피 한 잔은 내 마음 추억되어
진한 가을향기의 너울 되어 흐른다.

— 「시詩를 부르는 가을향기」 전문

그의 의식은 사변적思辨的이다. 그가 맞이하는 63세

의 가을 향기는 시인으로서의 사유가 흠뻑 담겨있는 서정성의 극치라고 할 수 있을 것이다. 그는 '임'이라는 대칭적 화자에게 보내는 꽃향기처럼 아름다움에 젖어있다. 그에게서 풍요로운 가을향기의 주제는 그리움이다. 시인이 응시하면서 호흡하는 가을향기는 영혼의 공허함 속 몸부림이라고 그는 정의하고 있다.

그러나 이 시집 작품 대다수에서 사랑이나 너 혹은 당신이라는 이인칭 화자는 심중에 못 박힌 가상의 그대인지 아니면 실재하는 체험 속의 누구인지는 명확하게 알 수 없으나 그리움과 기다림의 간절한 시법을 많이 대할 수 있어서 그가 체득體得한 가을의 이미지는 다양하게 표출되고 있는 것이다.

그는 여기 "잠 못 이루는 여름이지만/ 열린 창문을 닫는 가을이 오는데/ 그 사람이 올 수 없다는 계절로 가면/ 마르지 않는 눈물로/ 가을은 긴 침묵의 시작인가/ 설렘과 아쉬운 가을 길목에서….(「여름은 가을로 가라 하는데」 중에서)"도 긴 침묵과 아쉬움이 동반하고 있어서 가을 향기는 더욱 싱그럽게 다가오고 있는 것이다.

어설픈 밤안개가 내려앉는 창가
차분한 밤이 흐르고

불빛에 희미한 별빛이 더해져
세상은 색조로 눈을 즐겁게 하고
삶을 풍요롭게 하는 요즘
세상 살아가는 맛을 돋운다
혼을 담아내는 세상 속 영혼들
흐뭇한 표정으로 저물어가는
가을밤 정취
단풍에 영혼을 담아
후회 없는 한판의 인생 드라마
잘난 멋의 가을
숨어든 넉넉한 사랑의 아름다움이
고즈넉하게 흐른다.

　　－「가을밤」 전문

　여기 '가을밤'은 어떠한가. 그가 만나는 가을밤은 풍
요롭고 고즈넉하다. 참으로 서정적인 순정의 밤 풍경
을 보여주고showing 있다. "밤안개가 내려앉는 창가/
차분한 밤이 흐르고/ 불빛에 희미한 별빛이 더해져/
세상은 색조로 눈을 즐겁게 하고/ 삶을 풍요롭게 하는
요즘/ 세상 살아가는 맛을 돋운다"는 한 폭의 풍경화
를 감상하는 듯한 안온함을 맛보게 한다.

　또한, 그는 가을밤에 그 정취 속 단풍에 영혼을 채
우고 후회 없는 인생 드라마를 구상하고 있다. 이처럼
가을밤 서정은 그가 창작하는 서정시의 중심축을 이

룬다. 아름답고 고즈넉한 사랑의 가을밤이다. 어디선가 풍년가가 울려 퍼지는 풍요의 가을 이미지가 충만해 있다.

그러나 "가을 가면/ 꽃은 소멸하고/ 말라가는 잎 가파른 숨결/ 끝내 호흡 멈추어/ 감정이 상실되어지면/ 기억과 현실에서/ 잃은 낙엽처럼 방황하는 삶/ 모든 것이 떠나고 있다/ 사라져가고 있다(「가을, 단풍을 잃다」 중에서)"는 어조와 같이 어쩐지 서글픔이 적시하는 가을 단풍도 있어서 가을은 우리에게 무한의 이미지를 제공하고 있는 것이다.

이 밖에도 작품 「가을 느낌」 「가을 아픔」 「속도 위반하는 가을 속사정」 「늦가을 비」 「가을비가 스며드는 잡념」 「9월 초 가을바람」 등등에서 가을에 대한 그의 소회素懷를 적시하고 있어서 함께 가을 여행을 떠나는 기쁨을 엿보게 하고 있다.

5. 결—시와 동행하면서 성찰하는 인생

프랑스의 근대 상징주의 시인 보들레르는 "시는 기쁨이든 슬픔이든 항상 그 자체 속에서 이상을 좇는 신과 같은 성격을 갖고 있다"라고 해서 우리가 체험한 애환哀歡의 상황들을 상상력으로 재생하는 이미지의 창출을 시 창작에서 더욱 중시重視하게 되는데 성성모 시인도 이 시집 『그래도 살아야지』에서는 이와 같은 그의 현실적인 안타까운 체험들을 형상화하고 있어서 측은하기도 하고 연민의 정감을 공유하게 되는 그의 시적 실체와 정감을 동시에 감득感得할 수 있는 좋은 기회가 될 것이다.

그는 먼저 '나'라는 일인칭 화자를 내세워 자신의 자괴심自愧心으로 성찰하는 시법에서부터 자연 친화의 순수 서정이 넘치는 봄과 가을에 대한 자신의 의식을 표명하는 작품의 흐름까지 그는 다채로운 상상력과 흡인력으로 주제를 이끌어내 있는 특징을 읽을 수 있을 것이다.

그는 "나를 그리워했고/ 나를 사랑했어야 했어/ 내 안에 나를 창피했고/ 눈물을 흘렸지만/ 아픔을 승화하는 아픔 속에 피는 사랑/ 아픔을 이겨가는 그리움은/ 바로 나였고/ 나의 삶 여정이었어(「나의 의미를 위해 이겨내리」 중에서)"라는 등 그의 아픈 체험은 작품에서 많이 적시되고 있다. 가령 "장애인 한계로서 불가능한 일/ 이 현실을 인정하는데/ 참으로 오래 걸렸다(「팔자에 없

는 사랑을 내려놓는 심정」 중에서)" 그리고 "무덤덤했던 낙선의
아픈 기억/ 마음에 담아두지 않으려고 했는데/ 나만
아프니까(「낙선의 아픔을 야속하게 되살려내는 밤에」 중에서)" 등
이루어 헤아릴 수 없이 적나라하게 그의 참담함을 토
로하고 있어서 그의 체험은 중요한 시적 모티브가 되
고 있는 것이다.

영국의 비평가 리처즈도 일상생활과 정서 생활에서
소재와 주제 사이에는 차이가 없다고 했다. 우리들의
모든 체험이 시적인 소재와 주제로 승화하는 데는 이
러한 생생한 비애悲哀의 이미지 창출에도 별다른 이유
가 성립하지 않는다는 것이다.

이 시집 작품들은 성성모 시인의 자성을 통한 자위
의 인생관과 가치관 추구의 고백적인 요소의 메시지
를 포함한 그의 견고한 시 정신이 영혼과 교감하려는
고차원의 시법을 무리 없이 적시하고 있어서 우리들
의 공감은 더욱 확대될 것이다.

시집 출간을 진심으로 축하한다.

성성모 두 번째 시집

그래도 살아야지

초판 인쇄 | 2022년 11월 8일
초판 발행 | 2022년 11월 15일

지은이 | 성성모
펴낸이 | 서영애
펴낸곳 | 대양미디어

04559 서울시 중구 퇴계로45길 22-6(일호빌딩) 602호
전화 | (02)2276-0078
팩스 | (02)2267-7888

ISBN 979-11-6072-105-8 03810
값 13,000원